봉선화 일기

봉선화 일기

초판인쇄 | 2024년 3월 26일
초판발행 | 2024년 4월 3일

지은이 | 최종학
펴낸이 | 서영애
펴낸곳 | 대양미디어

04559 서울시 중구 퇴계로45길 22-6(일호빌딩) 602호
전화 | (02)2276-0078
팩스 | (02)2267-7888

ISBN 979-11-6072-125-6 03810

값 15,000원

봉선화 일기

아주 모른다는 말을 하지말자

지은이 최 종 학

대양미디어

Prologue

밤하늘의 가장 밝은 별 하나가
길을 잃고 내려와
내 어깨에 기대어 잠들었노라고…
알퐁스 도테의 '별'

두 손, 그리고 두 팔이 없는 눈사람을
밤새 부둥켜안고…

최종학의 '눈사람'

봉선화는
길 잃고 내려와
내 어깨에 기대어 잠든 별과
두 팔이 없어 내 품에 넘어진
눈사람과 함께
새벽이 오기를 기다립니다.

글쓴이 최 종 학

차례

Prologue · 4

제1부 봉선화를 꽃 피우려면

꽃 · 15

새 신을 신고 · 16

마음 씻기 · 17

우리 여름 · 18

반소사음수 · 20

내 나이 · 21

보은 · 22

단심가 · 23

구분 짓기 · 24

유치환 · 25

기우 · 26

무관심 · 27

불확실의 개념 · 28

동의어 · 29

결핍과 부족 · 30

희망 · 31

봉선화를 꽃 피우려면 · 32

제2부 오라는 곳 없어도 갈 곳은 많다

자작시 한 편 · 35

동화 작가 · 36

논개 · 37

무제 · 38

무제 · 39

어느 회원님의 문자 · 40

봄빛 · 41

참다운 삶을 위하여 · 42

부작위 · 43

아름다운 사람 · 44

가지 않은 길 · 45

외로운 사람 · 46

섭리 · 47

내 가을 · 48

산진수회처 · 50

반음올리기(#) · 51

입이 아니야 · 52

위선 · 53

동병상련 · 54

제3부 효자손

데카르트 · 57

부재중 · 58

어깨동무 · 59

희생 · 60

이마 · 61

돌 · 62

내편지 · 63

효자손 · 64

좋은 사람 · 65

거짓말 · 66

박경리 · 67

어제 오늘 그리고 내일 · 68

우리 · 69

토마스 카알라일 · 70

봉선화 · 71

연어처럼 · 72

광복절 · 73

미인 · 75

제4부 한해살이 풀의 거듭나기

이구동성 · 79

베르디 · 80

듀오 · 81

소주 연가 · 82

진퇴양난 · 84

용기 · 85

벽 · 86

이별준비 · 87

토인비 · 88

바다 · 89

한해살이 · 90

희망 · 91

이물감 · 92

씨스타 Alone · 93

사랑꾼 · 94

꼼수 · 95

누구랑 · 96

나눔 · 97

제5부 고슴도치 딜레마

시각장애인 · 101

어깨동무 · 102

왓츠 롱 · 103

단심가 · 105

무제 · 106

그곳 · 107

황진이 · 108

이별 · 109

한영애 · 111

아소, 님하 · 113

라스트 콘서트 · 114

인사관리 · 115

간보기 · 116

킬리만자로의 표범 · 117

영화배우 · 118

고슴도치 딜레마 · 119

새 우리말 사전 · 120

안녕 2023 · 121

제6부 그녀와 바위

쥐잡기 · 125

함께, 같이 · 127

그녀 1 · 129

그녀 2 · 130

바위 · 131

함박눈 · 133

아주를 모른다 · 134

허튼소리 · 135

내 마음이 살던 곳 · 136

씨앗 · 138

내 봄 · 139

새 겨울 · 141

허난설헌 · 142

서시2 · 144

맹한 물 · 146

타오르는 목마름으로 · 148

Epilogue 눈사람 · 149

글쓴이의 말 · 150

제1부

봉선화를 꽃 피우려면

꽃

꽃이 없는 풀이라도
꺾거나 밟지 말자
꽃망울 맺고 피우기까지
기다려야 한다

꽃을 피우기 위하여
몸부림하고 있는
잎과 줄기와 뿌리를 생각하면
차마 밟고 꺾을 수 없으련만

그 꽃이 피어나는 봄을 기다리는
수많은 사람들을 생각하면
차마 밟고 꺾을 수 없으련만

봉선화는 아직 꽃이 피지 않은
풀입니다.

(2023년 8월 1일 화요일)

새 신을 신고

혼자
오솔길을 걸었습니다.
몇몇 친구와
둘레길을 걸었습니다.
이제 봉선화와 함께
먼 길을 걷고자 합니다.
봉선화는
편안한 트래킹화이기 때문입니다.

(2023년 08월 03일 목요일)

마음 씻기

연분홍 꽃잎
파란 이파리 그리고
하얀 백반과 묶음실을 준비하세요.

탐욕과 다툼으로 얼룩진 그대 마음을
분홍빛 사랑으로 물들이고 싶으면.

(2023년 08월 04일 금요일)

우리 여름

우리는
해마다 유월이 오면
우리 민족사에 남아있는
얼룩을 되돌아보고 민중의 고통인
보릿고개를 생각합니다

그러나 영국의 시인은
연인과 마주 앉아
만발한 붉은 장미를 노래합니다

우리는 해마다 6월이 오면
나라를 지키다 엿가락처럼 휘어진
시뻘건 대포를 생각합니다

그러나 영국의 시인은 향긋한
건초 더미에 누워 하얀 구름을 얹어 놓은
파란 하늘을 노래합니다.

봉선화는 여름이 오면
6월을 생각합니다
역사를 기억하지 못하는 자는
그 역사를 다시 살게 될 것이니까!

(2023년 8월 4일 금요일)

반소사음수

거친 밥, 슴슴한 나물일지라도
스스로 밥상을 차려내고자
마음을 다하는 분을
가족으로 영접하십시오.

누군가 차려놓은 밥상에
숟가락, 젓가락을 얹으면서
빈말을 보태려는 식객은
초대하지 마세요.

봉선화는 거친 밥, 슴슴한 나물이나마
정성을 다해 차려내고자 하는
착한 사람들의 모임입니다.

(2023년 8월 15일 화요일)

내 나이

씨를 뿌리면 싹이 트고
열매를 맺습니다.
내가 그 열매를 거두지 못하여도
서운하지 않습니다.
열매는 후일
우리 가족 누군가 거둘 것입니다.
늦은 나이에 씨를 뿌리는 이유입니다.

(2023년 8월 16일 수요일)

보은

봉선화 식구들이
흘린 땀방울을 심어
강물로 키우고
봉선화 식구들의
가쁜 호흡을 모아
바람을 만들겠습니다.

오늘 봉선화 식구들이
되새김해야 할
주옥같은 구절은
태산이 높다고 해도 하늘 아래 뫼이니

오르고 또 오르는 하루
시작합니다.

(2023년 8월 18일 금요일)

단심가

득실을 저울질하고 기회를 들락거리는
경박한 속인이 하여가를 속삭이고
봉선화 가족이 단심가를 떼창합니다.

이몸이 죽고죽어 일백번 고쳐죽어
봉선화 가족은 한마음 한뜻입니다.

(2023년 8월 19일 토요일)

구분 짓기

아집과 소신
주관과 편견

설득과 강요
공동체와 무리

목표와 탐욕
이상과 환상

혹시라도
혼동하여 구분하지 못하고 있는
개념은 없는지 되새김하세요.

(2023년 8월 22일 화요일)

유치환

이것은 소리 없는 아우성
저 푸른 해원을 향하여 흔드는
영원한 노스텔지어의 손수건

시인 유치환은
열정을 소리 없는 아우성이라 노래하고
희망을 푸른 해원이라고 노래하고
희망을 이루려는 끝없는 염원을
영원한 노스텔지어의 손수건이라고
노래하였습니다.

가족 여러분!
봉선화를 이루기 위한
열정, 희망, 염원을
오늘도 이어 가세요.

(2023년 8월 23일 수요일)

기우

쌍화탕 한 잔
그리고 깊은 잠
봉선화를 꿈꾸고 아침을 맞으니
몸살이 가셨습니다.

봉선화가 열매를 맺을까?
불안과 염려에 파묻혀
가끔 몸살을 앓고 있습니다.

봉선화는
나 홀로 이루는 것이 아니고
우리가 함께 이루는 것임을
몰랐던 탓입니다.
괜한 몸살을 앓았습니다.

(2023년 8월 24일 목요일)

무관심

자신을 사랑하는 사람도 없고
자신을 미워하는 사람도 없이
그냥 무관심 속에
방치되어 있는 사람!

그 사람 보다
미움받고 비난받는 내가 행복합니다.

무관심은 공동체를 와해시키는
가장 무서운 독소입니다.

(2023년 8월 25일 금요일)

불확실의 개념

'불확실한 것은 위험한 것'이라는
심리적 관성을 지양하십시오.

위험은 빨간 신호이고
불확실은 노란 신호입니다.

노란 신호 안에는
파란 신호, 빨간 신호가
함께 있습니다.

봉선화는 파란 신호를 따라
가야 할 길을 갑니다.

(2023년 8월 29일 화요일)

동의어

프랑스의 어린 왕자는
대상과 접속하여 공감하자고 말하고

중국의 노자는
나를 잊고 물아일체를 이루자고 말하고

어떤 이는
너와 나를 숙성시켜 우리가 되자 하고

모두가 같은 생각을 말하고 있네요.

나는 '아시타비 하지 말고
내 탓이라 여기자' 하고.

(2023년 8월 31일 목요일)

결핍과 부족

산을 급히 내려온 계곡의 물이
계곡을 가득 채우고 강으로 흐르지 않고

강물도 강을 다 채우지 않고
바다로 갑니다

우리 모두 나잇값을 다하고
이 나이에 이른 것이 또한 아니고

봉선화는
서로의 결핍과 부족을 채워주기 위하여
같이하는 자리입니다.

(2023년 9월 01일 금요일)

희망

툭!
낡은 운동화 끈이 끊어졌습니다.

다시 이어 매지 않았습니다.
더 이상 갈 길이 없기 때문입니다.

그런데 봉선화라는
새 길이 생겼습니다.

끊어진 운동화 끈을
다시 이어 매었습니다.

YOU RAISE ME UP!

(2023년 9월 02일 토요일)

봉선화를 꽃 피우려면

넘어지는 것이
일어서는 것이 되고
일어서기 위해
넘어지는 것이 되어야 합니다.

그리고
외롭다는 핑계로
누구의 손을 선뜻 잡지도 말아야 합니다.

강한 자에 매여 살지 않고
약한 자와 더불어 사는 것은
외로운 것이니까!

(2023년 9월 03일 일요일)

제2부

오라는 곳 없어도 갈곳은 많다

자작시 한 편

세상 구경하는 중에
얼굴을 할퀴우고
날개를 찢기우고

볼품없는 내 모습을 혐오하여
동아리는 흩어지고
향하던 길은 먹구름에 가려 보이지 않네

먹구름 가시기를 안달하는
내 심사를 뉘 있어 애무할까

뉘엿뉘엿 해그림자 발밑으로 들고
먹구름이 품은 달빛은 툇마루에 꺾여진다

역사를 넘어 선사로 향하는 내 길은
아직 보이지 않고
흩어진 동아리
자취를 따르지 못해 하염없다.

(2023년 9월 04일 월요일)

동화작가

하늘을 치받으려고 뛰어오르다
지구 밖으로 나가 버린 박치기왕

홀로 지구주위를 산책하면서
늘 외로웠지만, 요즘은 지구에서 올라온
K 위성과 밤새 노니느라 외롭지 않습니다.

이루지 못한 내 꿈과 희망을 이야기하면
동화 속 이야기라고 하네요.

어린 시절 내 꿈과 희망은 땅을 박차고
올라 하늘을 박치기하는 것이었습니다.

(2023년 9월 05일 월요일)

논개

한여름
소나기가 퍼부어진 진흙탕에
꽃잎을 던진
하얀 목련의 자존감을
우리 봉선화는
부러워합니다.

그렇지요?
아닌가요?

(2023년 9월 06일 수요일)

무제

메마른 웅덩이는
비가 온 뒤 예뻐지고

은행나무는
열 살이든 백 살이든
앞다투어 열매를 맺고
봉선화는 밤새도록
냉정을 데워
온정을 만들고
끝내
불꽃 같은 열정을 쏟아낼 것입니다!

(2023년 9월 07일 목요일)

무제

팔이 날개가 아니어서 날 수 없지만
부둥켜안을 수 있는 것을 감사하고

사랑은 곧 끝날 것이지만
사랑보다 오래가는 것은 없다는 것을
믿고 있습니다.

(2023년 9월 08일 금요일)

어느 회원님의 문자

오라는 곳 없어도
갈 곳은 많다.

오라는 곳 없어도 갈 곳이 많은 서양인이
신대륙을 발견하였다.

봉선화 가족 여러분
초대받지 못한 봉선화 식구를 찾는
잰걸음을 재촉하세요.

(2023년 9월 10일 일요일)

봄빛

당나라 시인 두보의 시
곡강의 앞 구절

'한 조각 꽃잎만 떨어져도
 봄빛이 사그라진다'

봉선화가 피어나면
그 찬란한 봄빛이
겨울까지
비추겠지요.

(2023년 9월 11일 월요일)

참다운 삶을 위하여

질문하고 회피하는 삶을 떠나
해답하고 대응하는 삶을 살고자 하는
사람들의 모임이
사단법인 봉선화입니다.

사단법인 봉선화는
사는 법
죽는 법
사랑하는 법을 배우고 실천하는
사람들의 모임입니다.

함께 살고 홀로 죽어
사랑으로 남겠습니다.

(2023년 9월 12일 화요일)

부작위

곤궁의 바다에 빠진 사람을
구한 적이 있나요?

가난의 수렁에 빠진 사람을
도와준 적이 있나요?

외로운 사람의 곁에서
벗이 되어준 적이 있나요?

내 발밑에 절망으로 엎어져 있는 사람이
있는지 살펴본 적 있나요?

저는 한 가지도 답할 수 없어
부끄럽습니다.

(2023년 9월 13일 수요일)

아름다운 사람

상처투성이 삶을 살았지만
마음속에 가시를 품지 않은 사람

사랑한 것은 많지만
소유한 것이 많지 않은 사람

자신이 거절한 모든 것을
가슴 아파하는 사람

타인의 둥지에 살고 있는 것을
부끄러워하지 않는 사람

봉선화 가족은
아름다운 사람이 되어야 합니다.

(2023년 9월 15일 금요일)

가지 않은 길

목표를 향하는 길은
늘 열려있습니다.
가 보지 않은 길이라서 두렵고
험한 길이라서 힘들고

누구나 가는 길이라서
앞서갈 자신이 없고

이런 길 저런 길을 스스로 걷지 않고
길이 없다고 하지 마세요.

봉선화는
아직 아무도 가 보지 않은 길을 갑니다.

(2023년 9월 16일 토요일)

외로운 사람

외로운 사람은
아무런 이유도 없이 늘 슬퍼하고
아무런 이유가 없어도 늘 울음을 울지요.

무명의 슬픔에 잠겨있고
무명의 울음을 참지 못하고 살아가는
외로운 사람들

봉선화 가족은
그 사람들과 사귀는
벗이 되려고 합니다.

(2023년 9월 17일 일요일)

섭리

가을이 품고 있는 여름은
고운 단풍을 만들고

겨울이 품고 있는 가을은
빛바랜 낙엽을 만듭니다.

봉선화가 품고 있는 겨울은
새싹을 틔우겠지요.

(2023년 9월 18일 월요일)

내 가을

매끈한 목을 드러내고 있는
가을 무가 자태를 뽐내지만
뽑아 올리는 손 하나 없고

풍만한 배추가
허리를 질끈 동여매고
암팡진 속살을 내보여도
탐내는 손이 없고

저마다 뒹굴고 있는
커피색 산밤이 가련하지만
주워 담는 손이 없네

내 가을은 오지 않는
남정네를 연연하는
미망인 같구나

봉선화는
텅 빈 가을에 살고 있는
주름 가득하고 핏기없는
그분을 찾아갑니다.

(2023년 9월 19일 화요일)

산진수회처

'산이 다하고 물이 돌아 나오는 곳'을
이르는 말입니다.

자신을
곤경의 극한까지 밀어 올려 본 사람만이
도달할 수 있는 경지입니다.

산진수회처에는
고독과 서러움
그리고 무한의 지혜가 쌓여 있습니다.

함께 갑니다.
산진수회처에 이르기까지!

(2023년 9월 21일 목요일)

반음 올리기(#)

승리는 여러분이 하세요,
응원은 제가 하겠습니다.
응원은 반음을 올려드립니다.

귓전에 남아있는
이름 모를 회사의 CM입니다.

(2023년 9월 23일 토요일)

입이 아니야

입은 얼굴에 있지만
심장과 머리에 속한 기관입니다.

그래서
따뜻한 마음을 가진 사람은
따뜻한 말을 하고
생각이 올바른 사람은
올바른 말을 하는 것입니다.

(2023년 9월 24일 일요일)

위선

너무 오래 쓰고 있어서
진짜 얼굴이 되어버린
가면을 긁어내면

잊고 살았던 따뜻한 표정을
다시 볼 수 있습니다.

(2023년 9월 28일 목요일)

동병상련

추석 연휴 기간 중
전도연 · 한석규 주연의 영화
접속을 보았습니다.

실낱같은 관계도 없는
불편한 사람들을 찾아서
온정을 접속하고
결국은 공동체를 이루어 내는
아름다운 사람들!

(2023년 10월 2일 월요일)

제3부

효자손

데카르트

사람들은
자신이 보는 세상를 설명하는 것이 아니라
자신이 설명할 수 있는 세상을 본다.

데카르트가 남긴 말입니다.

제 눈에 안경을 통하여 세상을 바라보는
우물 안 개구리와 같은 사람을
지적한 경구입니다.

봉선화의 눈으로 바라보는 세상은
서로 사랑한 님들의 자취가
그림처럼 남아있는
보리밭 같은 세상입니다.

(2023년 10월 4일 수요일)

부재중

잠시 뒤에
우리는 이곳에 없는 날이 올 것입니다.

꽃, 소나기, 은행잎, 하얀 눈
소주 1병, 노래방!

아름다운 모든 것이 이곳에 있지만
우리는 부재중

이곳에 머무는 짧은 기간 동안
모두가 봉선화에 몰입하여
존경받기를 기대합니다.

우리 봉선화를 향한 갈채 소리를
듣고 싶습니다.

(2023년 10월 5일 목요일)

어깨동무

한 송이 눈만 내려앉아도
낙엽 한 장만 내려앉아도
어깨가 무너져 내리는
슬픈 사람이 있습니다.

그토록 연약한 어깨를
봉선화가 부축합니다.

(2023년 10월 6일 금요일)

희생

모두가 권력과 부를 다투기 위해
이기와 자만을 향하고 있을 때
한쪽으로 비켜서 있고
뒤켠에 머물러 있던 사람들에 대한
예의를 잊으시면 안 됩니다.

비켜선 사람 뒤켠에 머무른 사람들이
앞서 나온 우리들의 증명이라는 사실을
알아야 합니다.

우리 모두에게 부족한 것은
비켜서 있고 뒤편에 머물러 있는
사람들에 대한 예의입니다.

봉선화는 예의 바른 사람들의 모임!

(2023년 10월 11일 수요일)

이마

이마에 깊게 파인 이랑에
허무를 담을 것인가

아니면
꿈 · 희망 · 용기 · 봉사 등
미래를 경작할 것인가!

봉선화 가족 모두는
미래를 경작할 것으로 믿고 있습니다.

(2023년 10월 17일 화요일)

돌

돌은 표정이 없고
차가운 존재라고 말하는 사람은
돌의 얼굴을 오랫동안 응시한 적이 없고

그 차가운 냉정이
뜨거운 열정이었다는 사실을
잊은 사람입니다.

삶의 무게에 억눌려 표정을 잃은 사람
절망에 갇혀 희망의 불꽃을 피우지 못하는
돌 같은 이웃이 있습니다.

돌을 생각하고 관심을 기울이는 하루!

(2023년 10월 18일 수요일)

내편지

전생의 내가 현생의 나에게 쓴 편지를
오늘 아침 받았습니다.

세상이 나를 기억하고
내가 나를 기억할 수 있도록
세상 어느 한 곳에 나의 삶을 새겨 놓으라고
당부한 내용

봉선화 꽃잎시울마다 꽃말을
새겨두겠습니다

나를
마음속에 넣어 두고 기억하려 마세요

늘 당신 마음 앞에 걸어 놓고 느낌 하세요.

(2023년 10월 19일 목요일)

효자손

옥수수는 하모니카로 비유합니다.

감자의 씨눈을 보조개로 비유하면 어떤가요.

봉선화는 무엇으로 비유할까요?

효자손!

스스로 어찌할 수 없는 곳을 치유해주는
요긴한 존재인
효자손으로 비유되기를!

(2023년 10월 23일 월요일)

좋은 사람

그는 성실한 사람이다.
구두 굽이 닳아 있는 것을 보면

그는 타인의 둥지에 결실을 담은 사람이다.
사랑한 것은 많지만
소유한 것이 없는 것을 보면

그는 생각이 깊은 사람이다 귀는 열고
입은 닫고 있으니!

(2023년 10월 24일 화요일)

거짓말

천 개의 기쁨을 빼앗아 가는
한 개의 슬픔이 있습니다.

한 개의 슬픔은 다름 아니고
내가 너를 아니
나조차도 만나는 것을 두렵게 만드는
거짓말입니다.

거짓말로
봉선화 가족의 기쁨을 빼앗아 가는
사람이 있습니다.
용서하지 않겠습니다.

(2023년 10월 26일 목요일)

박경리

「토지」의 저자 박경리 선생은
자신의 기념비에
'버리고 갈 것만 남아서 참 홀가분하다.'고
적었습니다.

저는
'남기고 싶은 것이 있어서 행복하다.'고
적고 싶습니다.

작별하기 전에 전달할 수 있는 것이 있어서
더욱 행복하다고 적고 싶습니다.

(2023년 10월 27일 금요일)

어제 오늘 그리고 내일

우리는 과거에도 있었고
지금도 있고
미래에도 있을 것입니다.

과거에는 좋았던 것이 지금은 싫고
미래에는 다시 그리워질 것입니다.

그래서 어렵고 힘든 오늘의 삶도
사랑해야 합니다.

미래에 가면 그리워질 오늘이니까.

(2023년 10월 28일 토요일)

우리

일요일 내내 방콕 하면서
앨범 속에서 시간 찾기

입학, 졸업사진, 소풍, 운동회날 사진,
상장 몇 개

지난 시간 수십 년 속에
나만 있고 우리가 없네요.

남아있는 시간 속에는
우리가 함께 있도록
늘 가까이하면 좋겠습니다.

(2023년 10월 30일 월요일)

토마스 카알라일

말이 없는 돌!

당신의 침묵이 가져다준
진실의 세계를 연모합니다

요란한 깡통!

사악한 웅변이 가져다준
견강부회
선전·선동이 가득한
거짓의 세계를 혐오합니다

오늘 하루 입안에 말을 담아 놓아요.

(2023년 10월 31일 화요일)

봉선화

불편한 이웃 사람의 마음을
분홍빛으로 물들이고 싶다.

봉선화가
손톱을 물들이는 것처럼!

(2023년 11월 1일 수요일)

연어처럼

강에서 태어나 바다에 살고
다시 강으로 회귀하는 연어처럼

급한 물살을 가르고
거센 바람을 받아 내면서
초심을 일구어내야 합니다.

가족 여러분
연어처럼 살면 좋겠습니다.

(2023년 11월 5일 일요일)

광복절

눈부시도록 수많은 봉선화가
피고 지는 그날이 오기까지
하릴없이 봉선화를 지나간 이방인

기가 다하도록 애썼지만
큰 공을 남기지 못한 사람

쉽게 결실을 맺지 못하는 것을
서운하게 여기지만
두려움이 없었던 용감한 사람

스스로 초조하고 불안할 때마다
위무하던 작은 사람

내가 맘고생 하고 있는 것을
귀신같이 알아주는 사람

답글은 없어도 빠짐없이
내 마음을 수신한 사람들

모든 사람이 내 기억을
봉선화의 역사라고 읽는
그날이 광복절입니다.

(2023년 11월 6일 월요일)

미인

아직 늦은 나이가 아니고
아직 꿈이 있고
그 꿈은 실현된다고 믿는 사람

찬비에 젖은 낙엽을 밟으면서
옷깃을 세우고 마음을 여미는 사람

일상에 지칠 때마다
You Raise Me Up
노랫말을 되뇌이는 사람

봉선화 가족 모두는 미인!

(2023년 11월 7일 화요일)

제4부

한해살이 풀의 거듭나기

이구동성

봉선화 가족 모두가 자책합니다.

내 탓이오.
내 큰 탓입니다.

아니오.
내 탓이오.
내 큰 탓입니다.

아니오.
모두의 탓이오.
허언을 경계하지 못하고
모리배를 멀리하지 못한
우리 모두의 탓이오.

(2023년 11월 8일 수요일)

베르디

인간의 삶은
넘을 수 없을 만큼 절망적인 것이 아닙니다.

자식과 아내를 모두 잃고
절망에 갇혀있던 베르디는
연인 쥬세피노의 헌신적인 사랑으로
새로운 삶을 시작하고 끝내
불후의 명곡
축배의 노래 라트비아타를 작곡합니다.

봉선화의 희생과 봉사를 만나는
불편한 이웃들도 끝내
축배의 노래를 부르게 될 것입니다.

(2023년 11월 10일 금요일)

듀오

듀오는 결합이 아니고 연합도 아닌
화합입니다.

사랑하는 듀오
사업하는 듀오
봉사하는 듀오

모든 듀오는
선택한 자와 선택받은 자의 결합이 아니고
선택한 자들의 화합입니다.

《봉선화》가 여러분을 선택하였고
여러분은 봉선화를 선택하여
듀오가 되었습니다.

(2023년 11월 11일 토요일)

소주 연가

소주 두 잔
사랑했던 모든 이가 행복하기를 소원하는 날
술이 고프지요

소주 두 잔
미운 사람이 사랑하는 사람으로 환생하기를
염원하는 날 술이 고프지요

소주 두 잔
자신을 헐값에 팔고
이마에 낙인을 하는 일 없도록
하늘을 우러러 기도하는 날 술이 고프지요

소주 두 잔
한 푼 돈에 걸려 찢어진 마음을
스스로 치유하기를 기도하면서 술이 고프지요

소주 두 잔
끝없이 뒤돌아보면서
결국 돌아오기를 기다리면서 술이 고프지요

소주 두 잔
안 보이는 것을 꿈꾸기보다
보이는 것에 안주할 때 술이 고프지요

소주 두 잔
너절한 삶을 붙잡으려는
초라한 넋두리를 외면하면서 술이 고프지요

소주 두 잔
맑은 심성과 높은 기개를 품은 친구가
마냥 그리울 때 술이 고프지요.

(2023년 11월 12일 일요일)

진퇴양난

나아갈 길이 없고
되돌아갈 길도 없고

침착하게 살펴보세요.
옆길은 없는지
돌아갈 길은 없는지

미처 보지 못한 길은 없는지
가지 않은 길은 없는지
살펴보세요!

어떠한 길도 없으면
봉선화 가족이 모두 모여 새길을
만들어보세요.

(2023년 11월 17일 금요일)

용기

'무서운 것이 아니고
 더러운 것이라 피한다.'
라고 말하지 마세요.
차라리 용기 없고 비굴하다
고백하십시오.

공중보건을 위하여
깨끗이 치우고 가는 것이
용기 있는 사람의 태도입니다.

봉선화 가족은 피하지 않습니다.
차라리 극복합니다!

(2023년 11월 18일 토요일)

벽

벽은 물입니다.
물이 벽이 된 것입니다.

겨울이 오면 물은
빙벽이 되고
봄이 오면 빙벽은
물이 되는 것입니다.

창립총회 그날
회원 모두의 열정 앞에
서 있는 빙벽은
물이 될 것입니다.

벽은 물입니다!

(2023년 11월 19일 일요일)

이별준비

2023년 11월 21일
이별하기 전
미움과 증오의 주변을 살펴보세요.

특히 남루하게 이별할 때는 더욱
미움과 증오를 살펴보아야 합니다.

미움과 증오는
만남의 시간 내내 보이지 않지만
이별하는 순간 비굴한 모습을 드러냅니다.

만남을 뒤로하고
헤어짐의 모퉁이를 돌아갈 때는
좌면우고 해야 합니다.

(2023년 11월 20일 월요일)

토인비

문명과 야만
고차원 문명과 저차원 문명
갑과 을
창조적 소수와 잉여인간
미친개와 몽둥이
죄와 벌 등
도전과 응전이 순환하면서
역사는 발전합니다.

갈등과 대립의 순간마다
격하게 응전하세요.
치열하게 도전하세요.
그렇지 못하면
봉선화의 역사는 발전하지 못합니다.

(2023년 11월 22일 수요일)

바다

시내보다 낮은 곳에 강물이 있고
강물보다 낮은 곳에 바다가 있습니다.

시내보다 강물이 고요하고
강물보다 바다가 고요합니다.

시내보다 강물이 넓고
강물보다 바다가 넓습니다.

바다는 가장 낮은 곳에 있으면서
끝내 신음하지 않으며
결코 끝자락을 드러내지 않습니다.

봉선화가 바다를 닮았으면!

(2023년 11월 23일 목요일)

한해살이

한해살이풀은
한 해를 살고 소멸하지 않습니다.
세세연년 재생합니다.

한해살이풀의 거듭나기는
세상을 사모하는 끝없는 애정에서
비롯된 것입니다.

봉선화는
세상에 대한 애정이 깊은
한해살이풀입니다.

(2023년 11월 24일 금요일)

희망

절망은 희망을 딛고 서 있지만
희망은 무엇을 딛고 서 있어야 하나요?

희망은 무섭습니다.
절망보다 무섭습니다.

희망이 없으면 삶을 지탱할 수 없기에
절망보다 무서운 것입니다.

희망은 봉선화를 딛고 우뚝 설 것입니다.
그래서 봉선화는 희망이 무섭지 않습니다.

(2023년 11월 25일 토요일)

이물감

이질감은
남들과의 비교와 차이에서 오는
고립이나 소외감이고

이물감은
애시당초 다른 존재인 듯한 느낌에서
비롯되는
고립과 소외감을 말합니다.

불편한 이웃 모두가
자신의 계절을 향유하는 날이 오기까지
봉선화는
봉사 · 선행 · 화합을 생산합니다.

(2023년 11월 29일 수요일)

씨스타 Alone

나 혼자 밥을 먹고
나 혼자 티비 보고
나 혼자 노래하고
나 혼자 울고불고
나 혼자 취해보고

가족 모두가 저와 함께
봉선화를 가꾸어 갈 것이라 믿습니다.

Alone, 굿바이!

(2023년 11월 30일 목요일)

사랑꾼

해탈과 허무 사이에
현실의 삶이 있습니다.

해탈과 허무는 모습이 없는 탓으로
사랑의 대상이 아닙니다.

오로지 사랑할 수 있는 것은
간난과 애증으로 일그러진
현실의 삶뿐입니다.

깊게 파인 삶의 이랑에
사랑을 경작하겠습니다.

사랑꾼은 누구와 부딪혀도
혼자 상처 입는 사람입니다.

(2023년 12월 2일 토요일)

꼼수

문제해결을 위한 솔루션?

도덕적, 법률적, 기술적으로 하자 없는 정수.

일상적 판단 능력이나 범상한 지능으로는
상상하기 어려운 묘수.

다소 경박하고 유치하여 달인이 두기에는
거시기하지만 임기응변 능력이 탁월한 꼼수.

봉선화의 발전을 위한 것이라면
꼼수를 마다하지 않겠습니다.

그러나 기망하고 은폐하고 강요하여
성공을 갈취하는 악수는 두지 않습니다.

(2023년 12월 3일 일요일)

누구랑

나와 같이 웃었던 사람은
잊어도 좋습니다.

나와 같이 웃어줄 사람은
오지 않아도 기다리지 마세요.

나와 같이 울어준 사람은 잊지 마세요.

나와 같이 울어줄 사람은
노심초사 기다리세요.

기쁨은
나 홀로 누릴 수 있지만
외로움은
나 홀로 견디기 어려우니까

나는 외로움이 두렵고 견디기 어려워
봉선화와 함께 있으려 합니다.

(2023년 12월 4일 월요일)

나눔

이웃을 위해
한 끼 밥을 짓고
한 조각 옷을 깁고 싶습니다.

이웃은
허기를 메우고
체온을 보존합니다.

(2023년 12월 5일 화요일)

제5부

고슴도치 딜레마

시각장애인

탁!
배트에 맞은 야구공 소리가
푸른 하늘을 날아갈 때

쫑긋한 귀에 담기는
경쾌한 소리의 야구공이
절망의 어둠 속을 날아간다.

높은 곳을 비상하는 희망을
막아내는 수비는 없다.

시각장애인이 야구를 좋아하는 까닭입니다.

(2023년 12월 6일 수요일)

어깨동무

건강?
그리 좋지 않습니다.
세월 탓입니다. 괜찮아요.

사업?
힘에 부칩니다.
스스로 선택한 것이어서 즐겁습니다.
괜찮습니다.

내 어깨가
썩은 서까래처럼 낡았습니다.
당분간 봉선화의 지붕을 받들어야 하는데

괜찮아요.
봉선화 가족 모두가 부축해 줄 것입니다!

(2023년 12월 7일 목요일)

왓츠 롱

WHAT'S WRONG?

나에게 묻는다면

"열정이 희박하다."
"목표의식이 희박하다."
라고 대답할 것입니다.

불꽃처럼 피어오르는 열정
총알처럼 표적을 향하는
목표의식이 없으면
어린 조직은 성장할 수 없습니다.

더욱이
작은 이해관계에 매몰되어
이전투구泥田鬪狗 하는 것은 절대 금기입니다.

불꽃 같은 열정을 불사르고
총알 같은 목표의식을
배양하여 주시기 바랍니다.

부탁드립니다.
열정! 목표의식!

순수까지 더해주시면
더할 나위 없습니다.

(2023년 12월 9일 토요일)

단심가

봉선화 가족은 오로지
한뜻을 가진
사람들의 모임입니다.

갑론을박하여
불편한 이웃과 동행할 수 있는
선線과 향向을
그려내야 합니다.

갑론을박은
중구난방이 아닙니다.
이합집산이 아닙니다.
이구동성을 만들기 위한
담금질입니다.

(2023년 12월 11일 월요일)

무제

정상은 늘
바람이 불고 춥다.

그런데 왜 정상에 오르고자
안간힘을 다하나.

나도 모름!

(2023년 12월 12일 화요일)

그곳

새벽부터 부지런히 걸었지만
겨우 이곳에 있습니다.

계속하여 걸어가면
그곳에 도달할 것이라는
믿음이 있습니다.

어딘가에 있을
막다른 곳에 도달하기 위하여
오늘도 새벽길을
나서야 합니다!

(2023년 12월 13일 수요일)

황진이

청산리 벽계수야 수이감을 자랑 마라
일도 창해 하면 돌아오기 어려우니
명월이 만공산하니 쉬어간들 어떠리

수이감을 자랑삼는 경박한 내가
다시 돌아올 수 없는 길이 어찌 두려울 손가
명월을 벗 삼아
밤을 도와 걸어야지

돌아오기 어려운 것은
가야 할 길을 앞에 두고 있는 까닭입니다.

(2023년 12월 14일 목요일)

이별

당신과 나 사이에
생경한 말과 표정이 한번 두번
또다시 오고 가면
우리가 함께한 시간이
휘어지고 꺾어집니다.
휘어지고 꺾어진 시간 뒤로
당신의 뒷모습이 사라지면
우리는 이별한 것입니다.
이별한 뒤,
영롱한 색을 품은 추억이 남겨지고
채 식지 않은 그리움이 남겨지면
우리는
이별離別 뒤 만남을 기약할 수 있습니다.
그렇지만,
이별 전 시간이 까맣게 보이고
이별 후 시간이 하얗게 보이면
우리는
영영 이별한 것입니다

언제인가
이별이 아픔으로 느껴지더라도
영영 만날 수 없습니다.

(2023년 12월 17일 일요일)

한영애

여보세요 거기 누구 없소.

어둠이 짙게 깔린 그곳에
길 잃고 갈 곳 없어 하는 사람 있으면
우리가 기꺼이 길 안내를 하려 하오.

여보세요 거기 누구 없소.

여명이 밝아오는 그곳에
길을 찾아 떠나려는 사람 있으면
동반자가 되려 하오.

여보세요 거기 누구 없소.

인지상정이 넘치는 그곳에
가진 것을 나누려고 하는 사람 있으면
보온 주머니를 보내려 하오.

여보세요 거기 누구 없소.

우리를 찾는 사람
거기에 있거들랑
큰 소리로 봉선화를 불러주시오.

(2023년 12월 19일 화요일)

아소, 님하

그 님에 대한 당신의 믿음은
그 님을 선택한 당신에 대한 믿음입니다.

그 님에 대한 믿음이 흔들리면
당신에 대한 믿음이 없는 것과
다름 아닙니다.

당신에 대한 그 님의 믿음은
그 님의 선택입니다.

당신에 대한 그 님의 믿음이 흔들리면
그 님은 스스로를 믿지 못하는 것과
다름 아닙니다.

아소 님하!
도람 드르샤 괴오쇼셔

(2023년 12월 20일 수요일)

라스트 콘서트

피붙이, 살붙이
그 어떠한 관계보다 가까운 것은
생각과 뜻 행동을 함께하는
삼위일체입니다

봉선화가 연주하는
라스트 콘서트 연주곡은
삼위일체입니다.

(2023년 12월 21일 목요일)

인사관리

강물을 함께 바라보면서
서로 다른 생각을 하는 사람들
배를 타고 건널까
헤엄쳐서 건널까
물 위를 걸어서 건널까

같은 뜻, 다른 생각을 가진 사람을
등용하는 것입니다.

(2023년 12월 23일 토요일)

간보기

먹을까 말까.
아끼다 똥 됩니다.
먹어 버리세요.
소화 시키고 배설하세요.
살이 되고 피가 됩니다.

갈까 말까.
가세요.
뒤돌아보지 말고 질주하세요.
남보다 먼저 갑니다.

멈출까 말까.
즉시 멈추세요.
노란 신호 뒤 빨간 신호입니다.

(2023년 12월 24일 일요일)

킬리만자로의 표범

이별이 보이는 사랑은 안타까운 정열이지
불구하고 사랑을 시작하는 것은

바람처럼 왔다가 이슬처럼 사라질 수는 없잖아.
타인을 사랑한 흔적일랑 남겨두어야지.

나보다 불행하게 살다 간 고흐를 생각하면
이별이 보이는 사랑을 두려워할 이유가 없지.

그냥 불타오를 거야
높은 곳을 향하는 불꽃처럼

봉선화를 타다 남은 재로 남겨두고
불타오를 거야!

(2023년 12월 24일 일요일)

영화배우

이기를 위한 자중자애는
이타를 위한 자기희생의 전제입니다.

오늘
자기혐오의 덫을 넘지 못한 영화배우가
삶을 마감하였습니다.

못난 모습을 보는 모든 이는
눈시울이 젖고
가슴이 미어졌습니다.

봉선화님들!
부디
이타(자기희생)를 위한
이기(자중자애)를 보중하세요.

(2023년 12월 28일 목요일)

고슴도치 딜레마

추운 겨울날 체온을 나누려고
부둥켜안고 잠을 잤습니다.

서로의 몸을 가시로 찔러
피투성이가 되었습니다.

고슴도치는 떨어져서
잠을 자기로 했습니다.
추웠습니다.

고슴도치는 지혜를 얻었습니다.
가시가 없는 머리만 맞대고 자기로 했습니다.
너무 멀리하면 외롭습니다.
너무 가까이하면 상처가 납니다.

봉선화를 사이에 두고
정담을 나누면
따뜻한 삶을 나눌 수 있습니다.

(2023년 12월 30일 토요일)

새 우리말 사전

처음 ; 빈 곳을 메워 채운다
　끝　; 가득 찬 것을 비운다

봉선화는 처음이니까 채움이고
내 삶은 끝을 향하고 있으니 비움이다

끝을 향하고 있는 내 삶을 비워서
봉선화를 채울 것입니다

채우려 비운 것이 아니면 버린 것입니다.

(2023년 12월 31일 일요일)

안녕 2023

2023년을 보내면서
가족 여러분께 부탁 하나 할까요?

나의 발에 편자를 박아주세요.
이제 내 발굽은 닳아 보이지 않을 지경입니다.

나에게는 아직 달려가야 할
해 뜨는 곳이 남아있습니다.

그곳에 가려면
곤두박질하며 넘어야 할
고통의 언덕이 있습니다.

고통의 언덕을 넘고 나면
끝없이 이어지는 모래사막이 보입니다.

해 뜨는 곳까지 걸어갈 수 있도록
내 발굽에 편자를 박아주세요.

(2024년 1월 1일 월요일)

제6부

그녀와 바위

쥐잡기

자신의 판단에 대한 확신과 의심으로
늘 혼란스럽습니다.

새로운 길에 대한 설렘과 두려움으로
늘 망설이고 있습니다.

충고를 비난으로 듣고
응원을 조롱으로 듣지 않을까?
늘 염려하고 있습니다.

끝내는 모든 것을 극복하고
닻을 올리고,
돛을 달고
고동을 불었습니다.

난데없이 반짝이는 눈을 가진
쥐 한 마리가
돛을 갉아 먹고 있습니다.

봉선화님들
쥐틀에 먹이를 달아주세요.

(2024년 1월 2일 화요일)

함께, 같이

천상천하 유아독존?

아니요.
우리는 독생자가 아닙니다.
탄생의 기원이 아담과 이브의 교합입니다.
공존하고 상생해야 합니다.

인간사. 우수마발?

아니요.
삶은
우마의 배설물처럼 하찮은 것이 아닙니다.
보석처럼 빛나는 귀중한 여행입니다.

같이하는 봉선화는
함께하는 봉선화는

오늘 하루를
보석같이 살아냈잖아.

아자! 아자!

(2024년 1월 3일 수요일)

그녀 1

감정은 더하지 않아도 충만하고
감정은 색칠하지 않아도 다채롭다

감정은 그녀를 보면 짠 소리를 내고
감정은 그녀를 보면 촉촉이 젖는다

감정은 세월이 지나도 늙지 않고
감정은 비추지 않아도 찬란하다

내 가슴에는
사랑하는 그녀가 있다.

(2024년 1월 4일 목요일)

그녀 2

그동안 그것을 말하지 않았던
그녀가
훅 가슴으로 달려들었다.

이제라도 그것이 서운하지 않다는
그녀가
일순 호흡에 삼켜진다.

그것이 일으킨 파문은
그녀의 실핏줄까지 그려 주었다

주머니에 넣고 싶은 작은 그릇과
강물 같은 속내를 가지고 있구나

그녀는 멋있다!

(2024년 1월 5일 금요일)

바위

불영계곡으로 숨어 들어가
껴안고 얼어 죽은 사랑 바위
감히 떼어놓을 사람 있을까

마른벼락을 맞아
쩍! 갈라진 너른 바위
놀다간 선녀들의 웃음과 수다를
전해 들을 수 있을까

금강산 가는 길에
설악에서 주저앉은 울산바위
이르지 못한 금강산을
사모하고 있을까

오랜 세월 묵언 수행한 탓으로
입술이 굳어버린
흔들바위 앞에서
가벼운 입술과 현란한 혀 놀림을
자랑하고 있는 내가 부끄럽습니다.

(2024년 1월 6일 토요일)

함박눈

새카만 창문 밖에서
소복소복 소리처럼 내리고

잿빛 하늘에서는
꽃잎처럼 흩날린다

이윽고
메마른 손등까지 내려앉으면
눈물이 되는구나

옛날
산골 소년은 장독 위에 내린 눈을
한 줌 이밥으로 먹곤 했다.

(2024년 1월 7일 일요일)

아주를 모른다

우리는 몰라도
아주 모른다 하면 안 된다.
싫다 해도
아주 싫다고 하면 안 된다.

아주는 한마디의 변명도 허락하지 않는
벼랑 같은 말이기 때문이다

아주라는 말만
아주 모른다고 하자.
그러면 다시 만나고
또 시작할 수 있다.

(2024년 1월 8일 월요일)

허튼소리

가버린 사람이
나쁜 사람은 아니지요.
그냥 가버린 사람이지요.
머무른 사람이
착한 사람은 아니지요.
그냥 머무른 사람이지요.

나쁜 짓을 한다고
나쁜 사람 아니지요.
그냥 나쁜 짓 하는 사람이지요.

착한 짓을 한다고
착한 사람이 아니지요.
그냥 착한 짓 하는 사람이지요.

위선은 가식입니다.
위악도 가식입니다.
진정은 모습을 보이지 않습니다.

(2024년 1월 9일 화요일)

내 마음이 살던 곳

내 마음이 사는 곳에
시기와 음해가 이사 온 후
마음이 떠났다.

서로 밥값을 내겠다고
서로 다투던 마음이 떠났고

제기차기 구슬치기 물수제비를
기억하던 마음이 떠났다.

내 마음이 사는 곳에
냉소와 비난이 이사 온 후
마음이 떠났다.

수십 년을 고생한 아내에게
미안한 마음이 떠났고

사진첩에 남아있는
정인의 이름을 기억해 내려는
마음도 떠났다.

내 마음이 살던 곳에는
거미줄이 무성하겠다.

(2024년 1월 10일 수요일)

씨앗

씨앗 속에
꽃과 열매가 들어 있습니다.

그래서
씨앗을 심고 꽃이라고 하고
씨앗을 심고 열매라고 합니다.

오늘 심은 씨앗은 봉선화입니다.
나는 씨앗을 심으며 당신에게 말합니다.
씨앗 속에 꽃과 열매가 들어있다고…

(2024년 1월 11일 목요일)

내 봄

소녀의 이마에서 살랑거리는
머리카락

아니면
하얀 목덜미에 걸려있는
작은 머플러

얕은 물에 꼬리를 딛고
깝치고 있는 물잠자리

아니면
맑은 연못에 앉아
발을 씻고 있는 물새 한 마리

천변에 피어나기 시작한
버들강아지

아니면
낮은 산에 불붙은 진달래

처마 끝 고드름이 만들고 있는
낙숫물

아니면
유리 같은 살얼음을 띄우고 있는
개여울

내 봄은
개다리소반에 차려진 봄동 겉절이
달래 무침 그리고 입속에서 사라지는
'아삭'
하는 소리
콧속을 간질이는 아린 향기!

(2024년 1월 15일 월요일)

새 겨울

봄을 새봄이라고 노래하듯
겨울도 새 겨울이라 노래하지 않는
이유가 있을까?

만물이 소생하는 봄이라서
새봄이라 노래하는 것이면
만물이 소멸하는 겨울도
새 겨울 아닌가?

소멸은 시작을 위한 시작이니
겨울도 새 겨울이다.

오늘은 구악을 소멸하고
새 출발을 시작하는 총회
봉선화 총회는 새 겨울입니다.

(2024년 2월 3일 토요일)

허난설헌

야릇한 겨울이 남아있는
이른 봄 이월에
느닷없이 번지는
꽃내음

나이 들면서 깊어지는 외로움을
비집고 들어오는
분 내음

촉각 없이 피부까지 전달되는
꽃내음, 분 내음이 먼 곳에 있는
그녀의 살 내음인 것을 모르지 않는다.

이렇듯
시는 아니고 시적인 것이라도
외로움을 건널 수 있는 징검다리를

놓을 수 있을 듯하여
애쓰듯 시적인 어구를 쓴다.

수백 년 전에 살고 있는 그녀까지
시적인 어구가 닿을 수 있을까?

(2024년 2월 7일 수요일)

서시2

염불은 마다하고 눈 흘기어
잿밥을 훔쳐보니 목젖 가득하게
침이 고인다.

꿀꺽!

불식 간에 고인 침을
숨죽이고 삼키니 명치 끝에
통증이 남는다

잃어버린 것을 찾는 양 두리번거린다.
혹여
누가 듣지 않았나 침 삼키는 소리를

고개를 숙이고
운동화 코끝으로 서사를 쓴다.

하늘을 우러러
부끄러움을
잎새에 부는 바람에
괴로움을
별을 노래하며
사랑을!

바람에 별이 스치어도
당신에게
주어진 길을 가세요.

(2024년 2월 17일 토요일)

맹한 물

맹물은 자신의 모습을
알지 못합니다!

술독에 담기면 술이 되어
제정신을 잃어버리고

시궁창에 담기면
구정물이 되어 악취를 풍기고

햇볕에 널어놓기라도 하면
얼룩을 남기고 도망을 갑니다.

벼랑을 만나면 곤두박질하여
산산이 부서지고

막다른 곳에 이르면
나아가지 못하고 스스로를
가두어 버립니다.

봉선화는 맹물이 아닙니다.
바다로 가야 하는 짠물입니다.

(2024년 2월 18일 일요일)

타오르는 목마름으로

온갖 생명체가 타오르는 목마름으로
생명수를 갈구하는 시간은
봄이 겨울을 이겨낸
지금이다.

봉선화가 타오르는 목마름으로
영원을 갈구하는 시간은
여러분의 애정이 더없이 필요한
지금이다.

각박한 현실이 타오르는 목마름으로
춘정春情을 갈구하는 시간은
비에 젖은 봄눈이 내리고 있는
지금이다.

(2023년 2월 21일 수요일)

눈사람

칠흑처럼 어두운 밤
오고 가는 이 없는 외딴곳에서
눈사람을 만났습니다.

반가운 마음에 손을 내어 보았지만
눈사람은 팔도 손도 없었습니다.

팔을 벌려 눈사람을 부둥켜안았습니다.
눈사람은 온몸이 녹아내려
내 몸에 젖어 들고
한 몸이 되었습니다.

외딴곳에서 마주한
불편하고 외로운 사람을 부둥켜안은 두 팔을
언제까지나 풀지 않겠습니다.

글쓴이의 말

　비교우위를 확보하기 위하여 이기에 집착하고 성과에 몰입했던 20대 30대 40대…

　대학 강단에서 주관을 객관인 양 사자후를 토했다. 그리고 너와 나를 구분하여 선긋기 하는 일에도 망설임이 없었다.

　이기와 탐욕에서 벗어난–공정한 경쟁을 통한 비교우위의 획득–을 정의라고 단정한 40대에 경영학 관련한 책을 몇 권 출판했다. 그 내용은 비교우위를 효율적으로 획득하기 위한 꼼수를 적어 놓은 것에 불과한 것이었다.

　40대에 정서장애 아동을 교육하는 특수학교 해원을 설립하기도 하였지만 불편한 이웃에 대한 진정한 관심과 배려가 아니라

나 자신을 과시하기 위한 허영에서 출발한 치기였다고 생각한다.

감성에 치우치는 나이 70에 이르면서 푸슈킨의 시 「엘레지」 마지막 구절을 자주 암송한다.

'또다시 화음에 도취되고 공상의 산물에 눈물 흘리고 살고 싶다. 그 누가 알랴 내 슬픈 만년에 사랑이 이별의 미소를 지으며 반짝일런지.'

푸슈킨이 노래한 것처럼 어떤 대상이 허구임을 알면서 그것에 대하여 눈물을 흘리는 뉴런의 보상체계가 작동하는 이즈음 봉선화를 창단하고 시집을 출판한다.

독자 여러분도 불편한 이웃과 함께하는 화음에 도취되고 공상의 산불에 눈물을 흘리는 보상체계를 맛보기 바란다.

2024년 3월 봄
글쓴이